儿童房·书房
200例
CHILDREN'S ROOM STUDY

东易日盛编辑部●主编

吉林科学技术出版社

CONTENTS

儿童房
CHILDREN'S ROOM

书　房
STUDY

CHILDREN'S ROOM

儿童房

O1

温馨浪漫的公主房

在儿童房设计中，有着鲜明的性别之差。女儿的房间充满了甜蜜的淡紫色，在毛绒玩具和卡通地毯的包围下，碎花床品弥漫着温暖的气息，白色的衣柜和床体更是一抹亮色的点缀。

02

地中海风

蓝色的大胆运用打造出引人注目的主题墙效果，
同时又自然地与暖色纯木家具搭配。

O3

文静的卧室空间

　　不喜爱陈腐、不恪守传统，喜欢现代生活的一切元素，比如：水晶的闪耀、丝绒的质感、皮草的高贵、色彩的对比⋯⋯曼妙、优雅，再加一点青春的活力，这便是东方女孩。

04

彰显个性的男孩房

条纹的简洁，色彩的沉稳，质地的硬
朗……房间中无处不彰显着小主人的个性。

05

舒适安全的小屋

给孩子一个舒适、安全、富有灵性的房间，
是父母在设计家装时最关注的问题。

06

用简单的色彩提亮空间

房间的淡蓝色简单却不单调，整个
房间充满着和谐统一的温馨感。

07

打造合理的收纳空间

　　孩子游戏、学习的时间在加长，各种玩具、书籍也逐渐增多，而好动的天性，使他们几乎不可能不乱丢玩具和乱放东西，此时儿童房的收纳功能更显重要。

15

08 给儿童房配色

　　儿童房的配饰和配色要符合孩子的性格。启迪性的色彩和趣味化的设计，最符合儿童的心理，孩子们希望房间的各个部分都是游乐场，可以在儿童房摆放各种玩具，并且色彩鲜艳的布置更容易激发孩子的兴趣。

09
_

给孩子广阔的空间

　　蓝色是属于天空的颜色，干净、纯洁。以蓝色为基调的儿童房
必然能给孩子带去惊喜，为孩子创造一个更广阔的空间，让他们拥
有一个属于自己的梦幻港湾。

10

田园风格的布置

印花图案的壁纸，实木质感的家具，复古气息的顶灯，融合在在室内，悠闲、舒畅、自然的田园生活情趣就这样被布置出来。

11

浪漫花海

本案的设计上讲求心灵的自然回归感，壁纸和窗帘的搭配，床头和台灯的设计，将房间打造成一个花的海洋，给人一种扑面而来的浓郁气息。

19

12

多姿多彩的活动空间

儿童房壁纸，在色彩搭配上最好以明亮、轻松、愉悦为选择方向，不妨多点对比色的交叉运用。绿色窗帘、蓝色坐椅加上原木的小柜和床，多种色彩的运用展现了孩子多姿多彩的活动空间。

13

公主风

女孩子小的时候大多都会梦想自己就是童话里的公主。把孩子的睡床设计成"公主"的睡床，白色的书桌和缀有粉色碎花的落地窗帘，花朵形的吊灯……这整温馨的布置，每天都能给孩子一个好心情。

14

完美的田园风

　　设计主题完整统一，顶部线条的修饰，局部的描金处理，使空间豪华气派又不失家的温馨；窗帘及纱幔的搭配又张显出一股浪漫的气息，古典吊灯，白色的欧式家具，质感极强的碎花壁纸，流露出了雅致主义风格的内涵，耐人寻味。

15

碎花打造漂亮居室

无论是壁纸还是床品，借以碎花为主题，以现代艺术诠释浪漫神韵，简约与格调，灵性与品位，透射出非同一般的舒适感。

16

凉爽空间

　　添加一些可爱的配饰像有刺绣图案的抱枕，床尾摆放柔软的长椅，加上简
单线条的蓝色吊顶，整个空间给人一种清凉、舒爽的感觉。

17 有碎花壁纸的卧室

或许在每一个小孩子稚嫩的梦境里，都满心欢喜地期待着能够走进梦幻般的童话世界。那些清澈见底的美好未必非要在书中寻找，可以通过房间的布置巧妙打造出这样的空间。花形的吊灯、花朵图案的壁纸窗帘、白色的书桌，都自然地融入了房间。

18

温馨惬意小空间

尽管空间不大，但是设计却很容易出效果。为了给孩子一个快乐的空间，设计上采用田园风的布置，红色的壁纸，碎花的窗帘，让房间更加温馨惬意。

19

选择适合装饰的材料

选材的选择上十分广泛，实木、印花布、手工纺织的尼料、麻织物等……用起来舒服，每一件都透着阳光、青草、露珠的自然味道。

20

混合风格的空间

　　浓浓的简欧+田园风格，在儿童房得到了很好的诠释，墨绿与英伦格的窗帘及床品搭配，为这间女生气息十足的儿童房奠定基调，在欧风设计的吊灯及壁灯掩映下，白色的简欧家具与浪漫的花样壁纸更突出了空间的层次感，温馨、宜居的儿童房应运而生。

21

充满生机的儿童房

　　绿色是最适用于儿童房的颜色。白色的实木大床，印有白色花纹的绿色壁纸，配上同色款式的窗帘，使整个房间明亮却不刺眼。

22

选择孩子喜欢的床品

孩子独睡的小卧室，需要营造出一种非常温暖的感觉和明亮的印象，除了床的款式要让他们喜欢外，床品、家具、配饰都可以用来营造温馨的氛围。

23

柔和甜美的卧室

　　柔和甜美的田园风格让房间变成女孩梦中的公主房，搭配优雅的实木地板，将卧室装扮得既温馨又浪漫。

24

温暖洋溢的儿童房

明亮的黄色是快乐与阳光的象征，实木的床和衣柜配以黄色印花壁纸，蓝色的单人沙发，黄色纱帘……处处洋溢着温暖的气息。

柔和温暖的色调

    橙色花朵的壁纸，加上灯光的照射，将看不见的空气仿佛也染成了可爱的橙色。炫丽的花朵图案让卧室童趣十足，在柔和的灯光下，橙色的基调让房间活力十足。

26

充满童年的记忆

　　有谁没有在小时候幻想过自己是住在森林深处神秘城堡中的美丽公主；有谁不曾希望过自己可以力大无比，跟狮子老虎成为最好的朋友。童年的记忆最真实最质朴，那是每个人的回忆当中最不可磨灭的一部分。

27

选材与装饰

　　孩子成长发育时对外界环境最为敏感，此时，环保是设计时必须要关注的问题。绿色环保不仅意味着装修材料上的零污染，也代表着一种可持续的绿色生活理念。

28

淡淡的浪漫

　　粉色的碎花窗帘和床上用品，古典又细致的巴洛克家具以及淡淡的壁纸，无处不彰显出儿童房的浪漫气息。

29 发挥最大空间作用

各种色彩的巧妙搭配让空间富有整体感，和谐而不失浪漫温馨。随着孩子对活动空间需求的增加，用改变组合的方法，利用多功能、组合式的家具，以充分的机动性来适应孩子游戏、学习、休息等各方面成长所需，为他们创造出具有多元功能的童趣天地。

30

明暗对比的空间布置

　　独特的性格在居室中展现出来的便是黑白色对比的简约冷静、斑马纹路图案的流线冲动、金属材质的独立边缘、漆皮触感的不羁狂傲。

31

富有灵性的空间

　　给孩子一个舒适、安全、富有灵性的房间，是父母在设计家装时最关注的问题。床头做成的银白色壁柜方便存放日常用品，斑马条纹的抱枕，铁艺的吊灯，这种黑白灰的搭配，让整个房间充满了灵动感。

32

充满个性的布置

无论是和谐的颜色混搭、强烈的色彩对比，还是层次感的凸显，儿童家具强调通过不同色彩元素的自由组合和个性设计，灰白黑将清新、欢快、自信的家居装饰流行趋势演绎得淋漓尽致。透明的电视柜，配以绿色的植物以及铁艺水晶吊灯，尽显主人个性。

33

田园风卧室

重视生活的自然舒适性，充分显现出乡村的朴实风味。家具带有浓烈的大自然韵味，在细节的雕琢上匠心独具，如优美的床头曲线、床头床尾的柱头，及单人沙发椅下面的白色毛垫，特别的吊顶都可以营造出田园的舒适和宁静。

34

粉色浪漫空间

像公主一样的感觉是每个女孩都想尝试的，欧式的水晶灯具，田园风格的碎花壁纸，粉嫩的床品，让人觉得浪漫、宁静。

35

充满温馨感的儿童房

这个方案的设计，处处都体现了
设计师的匠心，窗帘、床品、吊灯、
壁纸……整体格调统一，成功地打造
了一个温馨感十足的儿童房。

36

打造多功能空间

现在的儿童房装修趋于功能化，不仅注重休息，同时也注重学习与娱乐。实木的小柜不仅可以用来学习，还可以摆放一些书和玩具。

37

五彩缤纷的童话世界

　　每个孩子都希望自己家像童话世界一样五彩缤纷，所以在装修儿童房时，要针对孩子的内心和性格，为他们打造一个充满创意的空间，这些儿童房的空间设计实景相信能给你一些启发。

38

乡村风格的柜子

白色木质的乡村风家具，儿童房的这组
柜子不但有清秀的花朵图案，还有极强的收
纳功能。

39

浴室的布置

温馨的色调，给本来冰冷的浴室披上了柔软的外衣，毛绒玩具的装饰使其更具童趣。

40

缓解压力的居室空间

永恒、博大、平静、理智，是蓝色给人的一贯印象。蓝色是属于天空的颜色，干净、纯洁，像孩子童稚的心。以蓝色为基调的儿童房必然能给孩子带去惊喜，巨大的镜子、精致的椅子，为孩子创造一个更广阔的空间。

41 温馨的小小港湾

用印花壁纸和粉白相间的窗帘
做布置，让房间充满温馨。

42

色彩的合理使用

　　为了避免色调过于传统和单一，可以运用淡紫色作为点缀，色彩过渡更加自然，并增强房间的层次感。同时，用白色墙壁软包和白色家具调和粉红色，使整个房间浪漫清新。

43

空间充满幸福感

　　儿童床，是孩子美梦之乡，属于他们自己的天地。培养孩子的独立性，应该让孩子有一个独立的空间，独睡一室。红色的印花图案壁纸，淡紫色的水晶灯，白色的梳妆台，让宝贝感觉自己真的就是小公主。

44

将空间巧妙地结合

将书架和衣柜巧妙地结合在一起，同时为孩子在房间开辟一个学习知识的空间，和他们一起成长。对于需要完成家庭作业的儿童来说，设置这样的空间很有必要。

45

干净整洁的居室空间

这是一个兼具休息和学习功能的空间，运用灰色和蓝色，让整个空间干净整洁。

46

异国风情的空间

空间充满异国风情，条纹的窗帘和床品，蓝色的床箱配
以金属把手，可以收纳衣物。

47

简单明亮的空间

真是幸福的小朋友，个人的房间完全依据当时年龄需求特别打造，铁制的小床，红白相间的小椅子，再加上木质红色木马，整个房间简单明亮。

简单明亮的空间

48

简单柔和的色调

儿童房的装修不要根据父母的口味来定制，要根据孩子的自身性格和兴趣，有的时候，简单的设计就是孩子需要的空间，柔和的色调正是孩子向往的世界。

49

独具匠心的布置

儿童房装修后如何布置也是一大学问，
装得不错但是布置不好，也达不到预期效果。

50

编制美丽童话

　　色彩缤纷的床品不仅是装点卧室的绝佳用品，也是孩子们童年美好的回忆。色彩鲜明、充满个性、动感时尚的儿童床品，给孩子带来的是一个个美丽的童话，一幅幅纯真的画面。

51

打造童话般的空间

想要打造童话般的卧室，装饰风格上要温馨可爱，色彩也可以采用浅色系，搭配一些可爱的小装饰物，卡通图案的瓷砖，印花的窗帘，淡淡的壁纸，充分显示出房间主人温柔可爱的气质，打造出梦幻般的童话空间。

52 简洁空间的收纳

将墙面一侧设计成灵活多变的收纳空间，是这一阶段儿童房设计侧重的方向。创造整洁的空间环境，既可以加深孩子收纳的意识，又给予了他们更多自由嬉戏的空间。

53

让空间充满乐趣

孩子的空间是属于他们自己的天地，明亮的落地窗，实用的小桌，记得让房间充满乐趣，不要让孩子的空间变得沉重。

54

色彩明亮的空间

淡淡的印花壁纸，精美的油画还有摇椅的点缀，为孩子打造完美的娱乐空间，明快的色彩搭配，为空间增添了更多暖意和生气。

55

演绎浪漫的纯真

浪漫、纯真、宁静和自然，兼具古典风格和现代元素，充满了整个房间的设计之中，演绎浪漫的纯真，回归童趣的年代。

演绎浪漫的纯真

56

打造幸福的童年

天马行空，天真无邪是孩子们的世界，在各种卡通形象，各种的图案的搭配下，一款五彩斑斓的儿童床品会让孩子们带着微笑进入自己美妙的梦里世界。

57 简单理想空间

造型独特的窗帘设计配以精致的水晶吊灯，加上白色实木家具，是个性与时尚的完美结合。简洁大方，现代感强又富有个性。

58

简洁大气儿童房

　　明亮简约、线条流畅，让人觉得现代感强烈，却又不感到压抑，时尚的色彩，让孩子感受着家的温暖。

59

提高整体空间感

简洁生动的造型，活泼明朗的色彩让不少儿童家具深得家长和孩子喜欢。将色彩明快的收纳箱放在架子下，不仅提升了空间感也显得非常整齐干净。

60

梦幻天地

以蓝色为基调的儿童房，让他们拥有一个属于自己的梦幻天地。

61

充满生机的空间

条纹图案的窗帘配以同款式的床品，同时又自然地与同色纯木家具搭配，打造出引人注目的室内效果。

62

美轮美奂的儿童房

　　粉红色的儿童床，碎花的壁纸和床品，欧式白色家具，可爱的毛绒玩具，使整个空间带有浓浓的童话色彩。

63

梦一样的空间

纯纯的粉色系就像女孩的美梦，粉色和白色搭配在一起，使得女孩的美梦更加得甜美。

64

洁白明亮的空间

淡淡的壁纸，白色的实木家具，可爱的宝宝照片，让整个空间简单明亮。

65

融入自然的空间

绿色是植物的颜色，也是春季的象征。绿色，代表着万物复苏，生机勃勃。绿色配黄色可以提亮空间色彩，配上蓝、黄两个抱枕，马上就让整个房间充满了生机。

66

利用色彩调整空间感

原色的书架和床，白色的隔断，不仅具有收纳功能而且给人一种轻松感，自然和谐、简单质朴的空间感通过色彩完美地展现出来。

67

柔和空间简单布置

靠窗的写字台上没有陈设过多的文具，取而代之的是简单的台灯和一个自然味十足的钟表。

STUDY

书 房

01

闲静舒适的美式风格

营造出安静的书房一角。实木质地的书桌及椅子，椅子上配以布艺垫子。充分表现了美式乡村装修风格的真谛，营造出田园风的舒适和宁静。

02

尽情体验美式古典田园风

本案倡导回归自然，在室内环境中力求表现悠闲、舒畅、自然的田园生活情趣。整体的设计，在古典中带有一点随意，摒弃了过多的繁琐与奢华，兼具古典主义的优美造型与新古典主义的功能配备。

03

欧式巴洛克风格

巴洛克式的装修风格，仿佛使我们置身于17世纪欧洲某个贵族的家中。奢华的真皮欧式沙发，实木浮雕大方桌，圆形吊灯，整体的红木书柜华丽中透露着大气。柔和的灯光中，华丽的巴洛克风与古典主义的装饰风格被完美展现出来。

04

现代简约风

　　整个房间的布置以简约、实用为主，设计师在细节的设计中融入了时尚的元素，结合书房和客厅双重功能，在写字台的前面放置了沙发，给人以舒适温馨的感觉。

巧妙的隔断设计

设计师运用简单的白色储物柜，将休息室与其它的空间巧妙地分隔开来。这个房间以黑白为主色调，大面积的白色与黑色的运用，以及墙体的黑白条纹设计都充分地展现了后现代感的设计风格。

06

素雅别致美式书房

房主追求清新、自然的生活，因此在整个的装修基调上，颜色都以清新素雅的淡色系为主，以天然实木家具配以暖色布艺。

07

与众不同

　　在生活中的各个方面，想要拒绝平庸，展现特色，就一定要拥有自己的亮点。设计师在细节的设计上花足了心思，精致的欧式壁炉，壁灯以及壁炉旁的真皮沙发与圆形脚桌，都体现了主人对于完美生活品质的追求。兼具客厅和书房的功能，真的与众不同。

08

装修艺术的杂糅

针对这个书房的设计，线条显得平实敦厚，摒弃繁琐与奢华，便于打理，自然更适合现代人的日常使用。这些都不难"读"出主人性格的开朗、大方。

09
空间艺术

　　这不单单是书房的一角，相连的区域是休息区，一直延伸到餐厅。欧式灯具的运用，恰如其分；重视传统装修艺术，巧妙融合。更令人赞叹的是设计师在空间上的巧妙构思，使整个房间的空间立体感立即完美地展现出来。

10

创意无限

这个房间书架的设计充满着设计师的创意，巧妙的曲型设计给原本平淡的房间增添了丝丝的动感和活力，在造型的同时还兼具了实用的功能。

1 1

让书房更人性化

在这件房间的的设计上，设计师大胆的运用了大面积的纯色。红色代表热情，蓝色代表梦想，黄色代表安全，白色代表宁静。这四种颜色的巧妙使用，成功打造出一间即温馨又不失活力的书房。

12

浪漫唯美欧陆风情

纯白色的墙面配以白色的浮雕装饰,欧洲宫廷式的高背靠椅配以同色系的地砖,加上浪漫的纱质窗帘,使得古典浪漫主义气息无处不在。

13 室内的绿色花园

这个空间并不是书房，但它却是属于书房的一部分。绿色的园艺花草是主人最喜欢的植物。在门口加一张茶桌，繁忙之余在这里休息片刻是不是很有诗意。

14

古典与浪漫的完美结合

　　神秘的紫色窗帘，浪漫的粉蓝色碎花墙纸，落地灯——美式乡村风格。配以十分具有中国古典元素的摆设，浪漫中不失庄重。

15

中西设计的完美杂糅

　　从这个角度看来，首先看到的是这个欧式的武士铠甲及充满巴洛克风格的墙壁，以及立柱、吊灯。但放眼望去，书房却又是另一番景象——中式古典家具和水墨书画至于其中。在这个空间里，设计师仿佛带领我们进行了一场遥远的旅行。

16

巧妙打造日式风格

设计师将日式住宅中的榻榻米巧妙地融合在本案中。在不大的空间中，日式装修元素更能使空间有放大感，并增大空间的利用率。

17

简洁明了书房设计

在本个书房的设计中，设计师将直线线条进行了完美的运用。线与线的组合，让整个空间更具立体感。在色彩的运用上，设计师也选用了沉稳的灰色为主色调。整个书房的设计都体现了简洁、大气的设计理念。

18

温馨阁楼

　　在本个阁楼的设计上，设计师采用了白色为主色调，使空间具有放大感。为了使这个兼具休息功能的书房不会太沉闷，设计师又增添了热情的红色元素，配以线条简单的家具和浪漫的白纱窗帘，成功打造出一间温馨浪漫又不乏现代感的书房。

19

东南亚风情

　　木质百叶窗，藤编靠背椅配以浪漫的布质椅垫。屋顶的天窗设计，配以周边的绿色植物，仿佛置身于东南亚的度假海岛。

20 精致角落

原本钢琴背面沉闷的墙壁，在设计师的巧妙构思下，变得如此的富有生机，青灰色的砖体墙面上不规则地挂着大大小小的相框，使它与其它的墙面区分开来，仿佛是又一个独立的空间。

21

浪漫情怀

　　空间中增添了神秘浪漫的紫色，现代时尚的蓝色，打破了原始色调的沉闷，使古典主义同现代主义进行了完美的结合。

22

韵味十足的书房

古典的造型，现代的色彩，谁都摆
脱不了时间的前行。既然如此，生活的
选择就应该是随意的、不刻板的。量身
定制，每一个细节都韵味十足。

23

彩色世界

　　书架和储物柜结合在一起，设计师将整个墙面做成了一体的储物柜。由于整体空间大部分都使用了白色，因此在色彩设计上，设计师大胆地使用了多种色彩进行混搭，使整体的装饰风格变得活泼灵动。

24

简约自然的书房装饰

　　白色的窗帘与实木的写字台、座椅，再加上实木的地板，打造了一个简约自然，清新舒适的书房。

25

古今装饰巧妙结合

在本间书房的设计中，设计师十分巧妙地运用了明清家具的元素，将中国古代的装饰风格完美地融合在现代家居设计之中。

26

让书房更明亮更活泼

弧形的落地窗让阳光照射进来，金色花纹壁纸搭配田园风的沙发，使整个房间的设计既温馨又高雅，本来感觉沉闷的书房一下子变得活泼许多。

27

自然清爽的书房

四周砖墙的质感让书房的气氛更独特，顶棚的实木
装饰和窗边的绿色植物都充满了房主对大自然的热爱。

28

巧妙的空间利用

　　通过设计师的巧妙构思，仿佛空间一下被放大。每一个容易被忽略的空间都被巧妙地利用。书桌和储物柜的位置恰到好处，最易占空间的书架也成了墙面装饰。

29

利用墙面打造书架

在墙壁上安装分层的书架，既节省了空间又使墙面更有味道。颜色上，采用橘色装饰墙面，书架没有背板，这样橘色的墙面可以显露出来，让空间更漂亮。

30
—

小巧精致的空间

　　成人的书房是不是都要做成大班台和电脑桌那种规规矩矩的呢？也不一定，如果把这个小巧精致的空间当成一个属于自己的书房，休息或者工作是不是也很不错呢？

31

简单却与众不同的设计

低调的沙发，朴素的书架，轻便的落地灯……把这些看似简单的家具巧妙地安排在一起，书房看似没有什么，但是整体的效果确实与众不同。

32

功能性装饰品的巧妙应用

有了书房的这个梯子，不但方便房主取书，而且消除了沉闷的感觉。心灵与世界的距离便在攀爬中拉近，在繁忙的工作之余，找这样一片休闲的空间给自己不是很逍遥吗？

33

古香古色的空间

这样古朴的家具不仅仅可以放在书房一角，放在卧室也是不错的选择。

34

古典与现代的融合

　　这个空间的设计可以放在客厅一角，当然也可以放在书房打造成会客或者休息的区域。窗外绿意盎然，室内茶香浓浓，和好友促膝而聚，或者自斟自饮，如此惬意，夫复何求啊！

35

空间层次清晰分明

复古的中式装饰风格。这类家具多以深色系或者原木质感为主要设计元素，为了打破沉这种重颜色带来的沉闷感，书桌和书架选择了不同的颜色，而且在布置上没有多余的花哨，使空间更具层次感。

36

影音空间的宽大享受

这虽然不是书房，但是我们可以看出房主对于完美生活享受的追求。对于房主来说，这间独立的家庭影院绝对不是书房，但是它能给人100%的放松。

37

简约艺术空间

虽然房间不大，但是简单精致的装修已经很吸引人了。咖啡色系的运用，简洁的欧式家具。缔造了一个完美的小空间书房。

38

方寸之地的轻松

有些时候，不见得越是宽大的空间越能让人放松。抛开白天生活工作的烦恼，关上手机，拔掉电话线，只留得角落空间给自己，在这个的悄然世界，感觉自己真的应该休息一下了。

39

休息区的一角

在纯白色的空间中，以蓝色为基调的画面欠于墙体之中，空间的层次感让人耳目一新。质感诱人的地毯打破了白色的沉静，简洁的白色椅子置身其中，或是客厅的一角，或是书房的一处，都令人倍感轻松。

40
_

创意休闲空间

不要小看这个简单的空间，它将休息区域从书房中分离开来，因为房主的书房不需要太多的工作区域，打造出这样的空间既可以与朋友席地而坐，同时也成为了这个书房亮点。

41

书海浩瀚

可以看出，这个区域的设计完全是要满足房主阅读的需要。所以设计中没有添加额外的装饰和家具。仅仅是阅读，让自己沉浸在浩瀚的书海，享受这一切带给自己的宁静。

42

质感决定品味

　　这个空间绝对不算是书房，但是它强调的是质感，强调的是休闲气氛和田园般的品味。仿古的墙砖和地砖，搭配复古的木柜，欧式的铁艺顶灯，简单的几幅画作，整个空间的质感顿时增色不少。

THÉ

SUCRE

CRÈME

CAFÉ

43

午后小憩

不仅仅是在书房，在卧室、在客厅都可以打造这样一个午后小憩的轻松小区域。

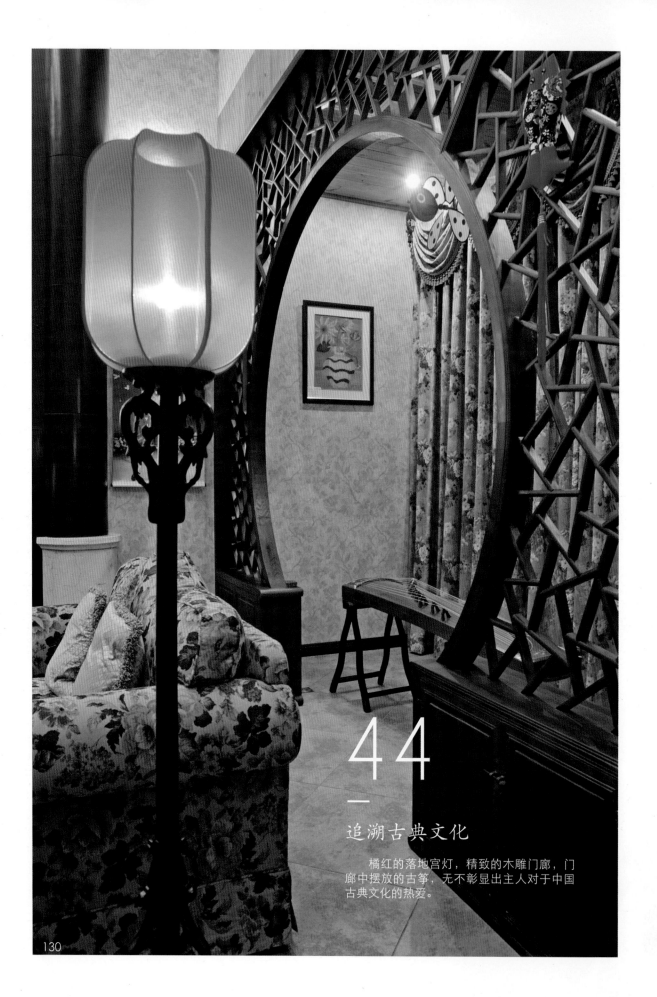

44
—
追溯古典文化

橘红的落地宫灯，精致的木雕门廊，门廊中摆放的古筝，无不彰显出主人对于中国古典文化的热爱。

45

通透的视觉感

这是一个简单的工作间，为了保持这个空间的光线充足，设计师没有采用遮光的窗帘，而且选择了浅颜色的壁纸，搭配浅色的地砖，房间的通透感真的很不错。

46

利用自然光

深色系的仿古实木家具，给房间的装饰增添了沉稳老练的厚重感。大面积的落地窗只搭配薄纱的窗帘，光线丝丝柔柔地透射进来，打破了古旧的沉闷感。

47

门内门外的世界

看着这扇古朴精致的书房大门，是不是会让人多少会想起钱钟书《围城》里的那句话："城里的人想冲出来，城外的人想冲进去……"虽然这不是城门，但凭借门内的清幽和墙上大大的福字，相信会让每个人都想进去领略一下这个福地洞天的书房。

48

简朴和实用

书房并没有添置大型的书架和躺椅，取而代之的是线条清晰的壁纸和简易的一桌一椅，再用红色窗帘打破一下这深色系的沉闷色调，简朴和实用，就是这书房的魅力所在。

49

私而不密的微妙空间

　　类似这样纱帘的设计不仅仅可以运用在书房，甚至在小户型的客厅，哪怕是餐厅与客厅的公共区域都可以搭建。薄薄的一层纱帘虽然不能将外界全部隔绝，但是在这种朦胧的效果已经在不知不觉中诞生了，私有的空间却没有私密的隔绝，这样的感觉是不是很微妙。

50

让阳光透射让心情畅快

　　自然光完全透射进来，室内却全然利用蓝色这样的冷色系作为装饰基调，中间区域用米色的地毯和实木色系的躺椅点缀，身在其中，无论是阅读还是小睡，心情怎能不畅快。

51

同色系的时尚空间

　　同色系的家具让书房时尚感十足，酒红色的百叶窗宛如深秋的葡萄给室内带来清爽的感觉，打破了书房的沉寂，成为了整个房间的亮点。

52

空间的取舍

书柜与衣柜是一个整体，而且柜体的上方没有顶到天花板，还保留了一部分空间；右侧的这面墙抠出了陈列玩具和收藏品的空间。

53

享受复古的经典味道

也许这并不能算一个适合阅读的书房，但是它散发的这种复古味道让人宁静和倍感轻松。

54

简单的书房设计

整体的风格简洁明了，而且这种书柜的功能很强大，除了摆放书籍之外，陈列一些收藏或者装饰品都很不错。

55

寻觅自然的书香

利用墙体的两扇细长的窗户,将两把椅子和一个小茶几布置在这里,既符合房间的户型结构,也将这种会客功能完美地融合到了书房里面。

56

用简单来突出华丽

书房的颜色没有利用浅色系，相反的，如果选用木质感强烈的深色书柜和书桌，黑白条纹对比的窗帘，再用原木色系的地板来过渡，整个书房的华丽感让人赞叹。

57

欧式的沉稳

依然是将原木色系作为书房的主色调，可以说这样的书房环境更适合35岁以上的人，欧式风格魅力十足，沉稳中尽显卓越风范。

58

雅致的书房

不论从灯光的运用还是书柜的布置，欧式书房的设计都很雅致，仅仅是凭借原木质感和灯光的映衬，书房的气氛就显得很自然很舒服。

品生活论茶香

只是在这里与老友谈古论今，或者是沏上一壶好茶共品香茗，津津乐道，好不痛快。

清凉居

舍弃书房读书和学习工作的功能，将自己喜欢的植被放在窗口，留一片清幽，消一点忧愁。

61

高山流水自然一派

将青砖显露在室内，让墙壁大面积的凹凸质感占据整个房间，靠墙的柜子采用原木材料，地面下层用石子铺满，两把藤椅，一壶清茶。如此逍遥的环境，貌似高山深处的雅宅，小溪流水旁的陋室，远离尘嚣，自然一派。

给自己沉淀的空间

在书房一角，或者是阳台的一个角落，哪怕是卧室的窗台旁，给自己留出一个可以思考、可以沉淀的座位，倒上一杯红酒，静静地休息一下，这个空间不会太张扬，但是它绝对是疲惫的你需要拥有的。

63

暖意浓浓无限自在

　　不要因为面积不够就说没有地方休息，不要因为工作任务太繁重就说没有时间放松。现在就在窗口或者阳台加一个小桌，扑上一个羊绒垫，清晨在这里喝上一杯牛奶，晚上在这里听上一曲慢歌，无限的自在都在你的手里掌握着。

64

享受自我的成就感

实木书柜，一个落地灯配上简单的单人沙发，在休息和读书时这里就是你享受自我成就感的华丽空间。

65

传统的魅力

　　这里是会客的绝佳地带，从墙壁上的画作到实木的座椅，从实木的地板到小巧的顶灯，这里充满了中国传统的绘画艺术气息，这种魅力似乎在繁乱的都市中很难寻到，但它确确实实还在深深地吸引着我们。

66

理想的书房空间

书房是家庭环境的一部分，它要与其他居室融为一体，透露出浓浓的生活气息。所以书房既然是家庭办公室，那就要求在凸现个性的同时，融入办公环境的特殊性。

理想的书房空间

67

在阳台打造休息空间

　　这个休息空间应该是每个工作繁忙的人所向往的。简单的一盆绿色植物，铁艺的阳台落地窗，田园的布艺沙发，既然是休息，那当然是越简单舒适越好，空间不用太大，家具不必太多，在卧室在客厅，打造这样的一处阳台小空间对需要休息的人来说很有必要。

68

乡村风的角落空间

原木质感的家具，浓厚的自然气息，美轮美奂的雕琢。随着乡村风渐行渐浓，乡村风格家具那种安然自若散发出来的独特魅力，愈发被人们欣赏和喜爱。

69

琴声悦耳书香四溢

这是一个将琴房和书房相结合的空间，红色的沙发，黑色的钢琴，空间功能性十足而且互不影响。

70

豁然开朗的休闲空间

一张油画，两个单人椅就可以打造一间属于自己的个性空间。在其中休憩，与书香为伴，这样的惬意生活绝对让人羡慕。

71 让书房空间适合自己的生活

其实大部分工作一族或多或少都会需要书籍、工具书、资料库、青春文学、时尚杂志……只要是有阅读习惯的人都会希望有一个属于自己的书架。这个书架是用来放置图书和装饰品的，所以不必大兴土木，适合自己才最重要。

72

属于自己的天地

　　书房的另一边就是简单的书桌，在墙上挂上自己喜欢的狗狗画像，用一盏红色的落地灯和一个红色的椅子点缀。既然空间属于自己，那就让这块天地任凭自己布置。

73

器宇不凡的书房

色调和质感并重，格局与布置整齐统一，书架上添置几件精致的装饰品，从窗帘到地毯，从地板到书架，整个书房沉稳老练，器宇不凡。

74

欧式小资书房

木质的百叶窗，欧式的书桌，配上田园风的装饰桌布，在靠近窗户的墙面上用隔板做成小巧的书架，空间被很好地利用起来。

75

明亮简洁的主题

在某种程度上来说，书柜和衣柜是一样重要的，挑选起来也不容大意，很多细节都需要自己把握。若以明亮简洁为装修主题思路，可以选择欧式的白色实木家具和书桌，让整个空间更明亮更温馨。

76 充满复古元素的书房

从书架上摆放的古董和花草可以看出，这个书房的主人很喜欢中式复古的风格。因为书桌没有设置台灯，所以顶灯的光线需要强一点，适合主人在这阅读办公。

77

青花伏笔写意人生

　　走进书房，马上就能感受到主人对书法和国画艺术的热爱。房间的装饰风格耐人寻味，规矩中带有些许倔强，文雅中又吐露出几许奔放，青花瓷罐，伏笔案头，水墨书卷，写意人生。

78

生机盎然绿草幽幽

这是一个巧妙的设计，大面积使用落地玻璃，配上简单的玻璃书桌，把窗外的景色尽收眼底，让你的心情得到全面放松。

79

一花一树，一茶一座

将喜欢的植物安放在自己身边，清新浪漫的感觉围绕在左右。仅此一花一树，象征生命的高尚和顽强；仅此一茶一座，品味生活的过往和变迁。

近水楼台，只此一处

　　把书房设置在光线最佳、空间感最通透的这一间。哪怕是迷雾的清晨，或者是阴霾的午后，这里都是主人享受自由的最佳空间。这样近水楼台的居室只此一处，哪怕没有月亮也会让人有种悠然自得的感受。

82

名士风范，典雅尊贵

　　清新自然的碎花窗帘，薄纱的内层窗帘让光线柔和地透射进来，铁艺与实木结合的书柜，摆上喜爱的花草，欧式风格的座椅……几缕清淡的白色透露出田园的韵味，厚重的深色又让空间沉淀在安逸祥和的气氛中。

84

瞭望未来，自我实现

书房的阳台是闲暇之余缓解疲惫和放松精神的地带，即使坐在书桌前也可以向远处眺望，让窗外的风景给自己释怀，让墙上的自勉给自己打气。

85

草叶纷飞，尘埃落定

这个设计完全满足了房主对书籍摆放的要求，隔板的书架没有占用有限的空间，即使放满书本壁纸的图案也会显露出来。在草叶纷飞的书海中取一本佳作，让平日里繁杂的心情在这一刻尘埃落定。

86

充满浪漫情怀

碎花壁纸和古典家具的交融让书房更具欧式风味；一盏金色夺目的顶灯让这个空间显得更加精致无比。

172

87

卷土重来的原木质感

这个书房设计讲究的是空间的流动与分隔，更多的，是原木质感的空间让人怀旧，让人略有所思。

88

中式韵味，复古空间

　　设计师在装修风格上保持了主体家具原木的本色，其他统统以浅色调来烘托，以绿色的植物点缀，以古朴的自然气息来体现中式装修风格，复古空间，别具韵味。

89

浩瀚书海与繁华光影

　　书房与客厅同居一室，看似矛盾的结合，但是却将书架的功能完全延展到客厅里。略读浩瀚的书海，随笔记录潇洒的生活。

175

富有现代感的书房

由曲线和非对称线条构成，线条有的柔美雅致，有的遒劲而富于节奏感。整个书房的立体形式都与有条不紊的、有节奏的曲线融为一体。现代书房大量的利用了墙面做收纳和摆放饰品的地方，板式的书柜、书桌等综合运用于室内，富有现代感。

选择适合的书柜

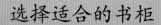

喜爱阅读的人们一定有此共通的烦恼，书，是越买越多，接着书柜只好继续买，但房内空间却变得越来越小，到最后只好忍痛割让心爱的书籍。我们这款简单的书柜就可以帮你解除这样的烦脑。

_92

简约时尚的设计

　　布置书房虽然没有固定的原则，但是有一些基本的因素可供参考：那就是所有的家具、设备都必须以方便使用为原则，最大可能地利用所有空间。

优雅美观的居家

欧式风格家具特点是华丽、高雅，如果你不想花费很多，则不妨在地板、装饰画和家具的设计使用上多花点功夫，这都可以让您的欧式风格居室变得更为优雅美观。

宁静读书场所

对于现代的年轻白领来说，书房已经必不可少，对于书房装修，其实不用过于复杂，简约的风格的设计就可以创造一个宁静而实用的读书充电之所。

95

过道空间的巧妙使用

　　书房属于家中的弹性空间，通常是利用简单的零碎空间或过道来当作阅读区。白色的椅子，配上紫色纱帘，让这个空间干净整洁。而这些地方的规划着重在弹性可调整和收纳量的提升，因此，如何做出有效的空间配置，也成为了一门学问。

96

品味空间

　　麻雀虽小五脏俱全。中式的桌子和椅子，加上两个穿中式服装人偶装饰品，很好的规划出一块独立的工作空间，可以布置出专属于你的风格。

97

醇厚的书香滋味

少了金碧辉煌、夸张式的多余装饰与炫耀色彩，却多了满室芬芳馥郁的茶香、木香、薰香，整套的茶具体现了浓浓的书香气息，和时光流转的醇厚滋味，这些鲜明的人文特色，透过犹如娴静禅风般的迷人意境，淋漓尽致地体现出来。

图书在版编目（CIP）数据

儿童房·书房200例 / 东易日盛编辑部主编. -- 长
春：吉林科学技术出版社，2010.5
ISBN 978-7-5384-4674-6

Ⅰ. ①儿… Ⅱ. ①东… Ⅲ. ①住宅—室内装修—建筑
设计—图集②书房—室内装修—建筑设计—图集 Ⅳ.
①TU767-64

中国版本图书馆CIP数据核字(2010)第046629号

東易日盛®
家居装饰集团

儿童房·书房
200例
CHILDREN'S ROOM STUDY

东易日盛编辑部 / 主编
责任编辑 / 崔 岩 王 皓
特约编辑 / 邓 娴
封面设计 / 崔 岩 崔栢瑞
图片提供 / 东易日盛家居装饰集团股份有限公司
首席摄影 / 恽 伟
设计助理 / 邓 娴 沈 杨 李 璐 崔 城 刘 冰 田天航 李 爽
　　　　　赵淑岩 沈 彤 陈 瑶 韩淑兰 韩志武 王 倩 张 萍
　　　　　崔梅花 韩宝玉 王 伟 朴洁莲 具杨花 宋 艳
内文设计 / 吴凤泽 李 萍 潘 玲 潘 多 田 雨

吉林科学技术出版社出版、发行
社址 / 长春市人民大街 4646 号
邮编 / 130021
发行部电话 传真 / 0431-85677817　85635177　85651759
　　　　　　　　　　 85651628　85600611　85670016
储运部电话 / 0431-84612872
编辑部电话 / 0431-85679177　85635186
网址 / www.jlstp.com
实名 / 吉林科学技术出版社
印刷 / 长春新华印刷集团有限公司

如有印装质量问题　可寄出版社调换
889mm×1194mm　　16 开
11.5 印张　　100 千字
2010 年 7 月第 1 版　　2010 年 7 月第 1 次印刷
ISBN　978-7-5384-4674-6
定价 / 39.90 元

儿童房·书房
200例
CHILDREN'S ROOM STUDY

责任编辑○崔　岩　王　皓
封面设计○崔　岩　崔栢瑞
图片提供○**東易日盛**®
家居装饰集团

上架建议　装修装饰

ISBN978-7-5384-4674-6

9 787538 446746 >

定价：39.90元